MISSION : ADOPTION

PRESTO

Texte français de Martine Faubert

Éditions
SCHOLASTIC

Pour Bec, Larry et Bodi
—E.M.

Catalogage avant publication de Bibliothèque et Archives Canada
Miles, Ellen
Presto / Ellen Miles ; texte français de Martine Faubert.

(Mission, adoption)
Traduction de: Flash.
Niveau d'intérêt selon l'âge: Pour les 7-10 ans.
ISBN 978-0-545-98120-0

I. Faubert, Martine II. Titre. III. Collection : Miles, Ellen.
Mission, adoption.
PZ23.M545 Pr 2009 j813'.6 C2009-901135-2
Illustration de la couverture : Tim O'Brien
Conception graphique de la couverture : Steve Scott

Édition publiée par les Éditions Scholastic,
604, rue King Ouest, Toronto (Ontario) M5V 1E1.
5 4 3 2 1 Imprimé au Canada 09 10 11 12 13

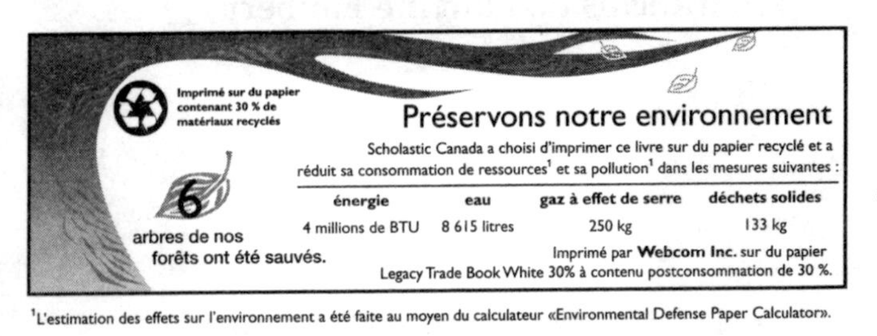

[1]L'estimation des effets sur l'environnement a été faite au moyen du calculateur «Environmental Defense Paper Calculator».

MISSION: ADOPTION

PRESTO

Fais connaissance avec les chiots
de la collection *Mission : Adoption*

Cannelle
Boule de neige
Réglisse
Carlo
Biscuit
Margot
Théo
Presto

MISSION: ADOPTION

PRESTO

CHAPITRE UN

— Oh! J'ai trop mangé, dit Charles en se tenant le ventre. Je ne peux plus rien avaler.

— Vraiment? dit tante Abigail. Alors, tu ne veux pas de tarte au chocolat pour le dessert?

— Euh… dit Charles. Peut-être juste un tout petit morceau.

Il regarda le chiot roux qui était couché à ses pieds. Charles voulait du dessert, mais il avait aussi très envie de jouer avec Biscuit qui avait patienté durant tout le repas de l'Action de grâces.

— *Évidemment!* dit maman. Et avec ça, une part de tarte aux pommes et un peu de croustade aux petits fruits, je suppose?

— Bien sûr! dit Charles. Il me reste de la place dans mon estomac à desserts!

C'est ce qu'on disait chez les Fortin quand on n'avait plus faim pour finir son repas, mais qu'on voulait quand même du dessert. Charles ne refusait jamais un dessert, même quand il n'avait plus faim. Et les desserts de tante Abigail étaient les meilleurs. Elle avait travaillé comme pâtissière en chef dans un grand hôtel de Montréal, alors on pouvait dire qu'elle s'y connaissait vraiment.

Maintenant, oncle Stéphane et elle habitaient à la campagne. Il y avait six mois, ils avaient dit adieu à leur vie en ville où ils étaient toujours très occupés et avaient déménagé dans une ferme située au bout d'un long chemin de terre. Ils étaient encore très occupés, mais cette fois-ci à la *campagne*. Tante Abigail travaillait dans la vieille cuisine de la ferme. Elle y préparait des gâteaux et des tartes qu'elle vendait ensuite au magasin principal du village. Oncle Stéphane travaillait par ordinateur dans une pièce à l'étage. Il faisait le même travail qu'en ville (Charles n'était pas sûr de ce que c'était exactement), sauf que la vue était bien plus belle, disait-il.

Les Fortin étaient déjà venus à la ferme, mais c'était la première fois qu'ils y passaient l'Action de grâces. Les parents de Charles, Rosalie, sa grande sœur, et le Haricot, son petit frère, étaient tous montés dans la fourgonnette (parce qu'il n'y avait pas assez de place pour tout le monde dans leur voiture tout-terrain rouge) avec leur chiot Biscuit. Ils avaient roulé ce qui leur avait semblé une journée entière, en s'arrêtant toutes les heures pour permettre à Biscuit de se dégourdir les jambes.

Le trajet était mortellement ennuyant (on ne peut pas jouer pendant des heures à « J'ai vu quelque chose de rouge »), mais Charles trouvait que ça en valait la peine si c'était pour voir ses cousines... en tout cas, au moins Rébecca qui avait le même âge que lui. Ils étaient tous les deux en deuxième année. Rébecca était cool. Elle n'avait peur de rien. Elle était capable de grimper dans le plus grand arbre du jardin, de se baigner dans l'eau glacée et de descendre à bicyclette les côtes les plus raides des environs.

Rébecca adorait les énigmes, les jeux de détective et aussi leur nouvelle maison à la campagne.

Par contre, Stéphanie, la grande sœur de Rébecca, était vraiment pénible. Elle était en cinquième année et croyait tout savoir. (Exactement comme Rosalie, se disait Charles. Les grandes sœurs étaient peut-être toutes les mêmes?) Stef détestait vivre à la ferme. Elle n'arrêtait pas de dire que la campagne était mortelle et que la ligne Internet à haute vitesse lui manquait ainsi que les beaux magasins et les bons restaurants chinois.

S'il y avait quelque chose de pénible, se disait Charles, c'était de toujours l'entendre vanter les mérites de Montréal et dire que les Canadiens étaient la meilleure équipe de hockey et bla, bla, bla, et bla, bla, bla.

Rosalie n'avait pas l'air de trouver que Stef était casse-pieds. Charles pensait que c'était probablement parce qu'elles étaient toutes les deux pareilles, à toujours vouloir mener tout le monde par le bout du nez et à tout savoir. En plus, elles adoraient toutes les deux les chevaux et pouvaient parler pendant des heures d'équitation, de l'entretien des selles et du pansage des bêtes.

En route, Mme Fortin avait demandé à Rosalie et à Charles de se montrer gentils avec Stéphanie car elle « avait du mal à s'adapter à ce déménagement ». C'était vrai que Stef était bien plus intéressante quand elle habitait Montréal avec sa famille et que les Fortin allaient les voir. Elle leur avait même obtenu quelques autographes des Canadiens, un jour où ils étaient allés tous ensemble assister à un match de hockey.

Mais Charles préférait vraiment Rébecca. Ils s'amusaient comme des fous avec Biscuit. Rébecca n'en revenait pas que Charles ait un chiot à lui. Quel chanceux!

Charles n'en revenait pas, lui non plus. Il avait encore du mal à croire que Biscuit vivait avec eux pour de bon. Les Fortin avaient déjà adopté plusieurs chiots, en attendant de trouver un « foyer définitif » qui conviendrait à chacun. Rosalie, Charles et le Haricot avaient eu beau supplier leurs parents, ils n'avaient jamais obtenu la permission de garder un chiot à eux, du moins jusqu'au jour où Biscuit était arrivé.

Les Fortin avaient pris soin de Biscuit et de ses deux sœurs quand ils étaient de tout petits chiots et toute la famille était tombée en amour avec lui. Biscuit était le plus petit de la portée. Parce qu'il était plus petit et plus timide que ses sœurs, il avait besoin de plus d'attention.

Biscuit était roux avec quelques taches brunes et une marque blanche en forme de cœur sur la poitrine. C'était le plus adorable, le plus intelligent et le plus drôle de tous les chiots du monde. Charles ne se lassait jamais de jouer avec lui, de le tenir dans ses bras ou même simplement de le regarder mener sa vie de chiot, comme manger son déjeuner ou mâchouiller un jouet pour chiots.

Dès que le souper fut terminé, Charles et Rébecca demandèrent à sortir de table.

— Nous allons emmener Biscuit en promenade, dit Charles.

En entendant ce mot, le chiot se leva tout de suite. Il remuait si fort la queue que tout son corps se tortillait.

— Attends! Attends! dit Charles en riant.

Biscuit léchait le visage de Charles tandis que celui-ci essayait de lui attacher sa laisse tout entortillée. Une fois dehors, Biscuit entraîna Charles d'un côté puis de l'autre, attiré par toutes les nouvelles odeurs. La nuit tombait, le ciel était dégagé et il faisait froid.

— Et si on disait que Biscuit était un pirate et qu'il nous conduisait à l'endroit où il a enterré son trésor? dit Rébecca.

— Parce que nous nous sommes emparés de son navire, ajouta Charles, en entrant dans le jeu. Et maintenant, il doit nous montrer sa cachette, sinon nous lui ferons subir le supplice de la planche.

Biscuit n'était pas très bon dans son rôle de pirate. Il continuait de renifler tous les poteaux de clôture et tous les arbres qu'il trouvait sur son chemin. En plus, il courait de tous les côtés et sa laisse était tout emmêlée.

— Non, attends! dit Charles, quand Biscuit eut l'air de vouloir retourner à la maison.

— Regarde! Un autre bateau de pirates! dit Rébecca en montrant du doigt une voiture qui remontait le chemin de terre menant jusqu'à la ferme.

En approchant, les phares de la voiture éclairaient la maison. Puis la voiture s'arrêta devant Charles et Rébecca, tout près de la porte d'entrée.

Le moteur s'éteignit et une dame descendit de la voiture. Elle avait un paquet dans les bras, un paquet qui gigotait. Quelque chose se tortillait, enveloppé dans une couverture. Charles n'avait aucune idée de ce que c'était.

La dame se mit à parler *à toute vitesse*.

— Désolée de vous laisser Presto sans prendre le temps de rester un peu, mais nous sommes déjà terriblement en retard, dit-elle. Le père de Colin est tombé malade, alors nous devons partir plus tôt que prévu. Nous allons devoir rouler toute la nuit! Bien sûr, Presto a eu tous ses vaccins et tout ça, comme l'indique sa médaille. Zut! J'ai oublié son collier. Bon, tant pis! En tout cas, je suis sûre qu'il ne va pas vous causer d'ennuis et nous sommes vraiment heureux qu'il ait un endroit comme chez vous pour…

— Dorothée! Il faut y aller tout de suite! dit une voix d'homme de l'intérieur de la voiture.

— Oui! Oui! répondit la dame en donnant un dernier bisou au paquet qu'elle tenait dans ses bras. Tu vas nous manquer, Presto.

Puis elle posa le paquet tout doucement par terre et remonta dans la voiture.

— Il est un peu timide! Laissez-lui le temps de s'habituer et vous verrez comme il est gentil, dit la dame depuis la voiture qui rebroussait chemin.

La seconde d'après, la voiture filait à toute vitesse par le chemin de terre, laissant Charles et Rébecca tout éberlués. Biscuit tirait sur sa laisse, tentant de sentir ce qu'il y avait dans le paquet.

— Mais qu'est-ce que c'est que *ça?* dit Charles.

— Aucune idée! répondit Rébecca en s'avançant pour aller déballer le paquet.

— Oh! s'exclama Charles.

Dans la couverture, il y avait là le chiot noir et blanc le plus mignon du monde.

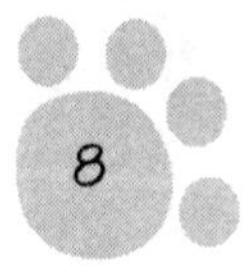

CHAPITRE DEUX

Presto n'était pas rondouillard comme Biscuit. Au contraire, il avait le corps plutôt élancé, avec de longues pattes et un museau pointu. Quand il s'était mis sur ses pattes et que Rébecca avait soulevé la couverture, Charles avait tout de suite vu que ce n'était pas un chien adulte. Il avait le poil soyeux, noir et blanc, et sa longue queue était touffue. Ses yeux noirs étaient très brillants. Ce chiot était chéri et dorloté, c'était évident.

— Oh! mon Dieu! Il est tellement adorable! dit Rébecca en tendant la main pour le caresser.

Charles vit alors le chiot s'accroupir, la queue entre les jambes, prêt à prendre la fuite.

— Attends! dit-il à Rébecca, en posant la main sur son bras. La dame avait raison : il est *vraiment* timide.

Presto se mit à renifler, à tendre l'oreille et à ouvrir grand les yeux. Il voulait tout connaître de ces gens. C'était important pour lui, d'en savoir le plus possible à leur sujet. Et aussi d'être prêt à détaler au premier signe de danger.

— Qu'est-ce qu'on fait alors? demanda Rébecca en retenant son geste.

— On s'en approche très doucement, dit Charles. Il ne faudrait surtout pas l'effrayer.

Il se pencha pour prendre Biscuit dans ses bras. Il avait peur que le petit chiot blond effraie le chiot noir et blanc en bondissant vers lui.

Hé! Attendez! Je voulais justement voir mon nouvel ami! Biscuit lécha le visage de Charles. Parfois, quand il faisait cela, Charles éclatait de rire et le reposait par terre. Mais pas cette fois.

Charles et Rébecca s'approchèrent du chiot à tout petits pas : ils ne voulaient pas l'effrayer. Le chiot s'aplatit au sol tout en les observant attentivement. Il remuait lentement la queue.

— Biscuit! cria Charles, car le chiot qu'il tenait dans ses bras geignait et se débattait.

Biscuit réussit à lui échapper. Charles attrapa vite sa laisse, mais il était trop tard. Biscuit galopa vers l'autre chiot. Le petit chien noir et blanc se sauva, la queue entre les jambes, jusque derrière la clôture à côté du chemin. Il se cacha derrière un poteau et, l'air affolé, les regarda s'approcher.

— On devrait peut-être aller chercher les adultes? dit Rébecca. Ou Stef et Rosalie?

— Pas question! dit Charles. Si Rosalie s'en mêle, elle va tous nous mener par le bout du nez.

Rébecca était d'accord avec lui.

— Même chose pour Stef. Et c'est encore pire quand elles s'y mettent toutes les deux. Elles vont vouloir s'occuper de tout et nous écarter, ça c'est sûr.

Rosalie croyait tout savoir à propos des chiens. Charles en connaissait assez lui aussi.

— Je pense qu'on est capables de se débrouiller tout seuls.

— D'accord. Alors, qu'est-ce qu'on fait? dit Rébecca, prête à passer à l'action.

Charles réfléchit quelques secondes.

— J'ai une idée! dit-il. Allons en direction de la grange en faisant comme s'il n'était pas là et qu'on avait autre chose à faire. Ça marche parfois avec Biscuit quand nous sommes dehors et qu'il ne veut pas m'écouter quand je l'appelle. Si Presto est vraiment curieux et s'il nous voit nous éloigner, il va se mettre à nous suivre.

— D'accord, dit Rébecca en haussant les épaules. Alors, on fait comme si on s'en fichait? On peut toujours essayer!

Charles et Rébecca tournèrent le dos à Presto, puis se dirigèrent vers la grange. Biscuit les précédait, la queue dressée en l'air, tout fier.

Biscuit ne savait pas trop où ils s'en allaient, ni pourquoi, mais il tenait à être de la partie et aux premières loges!

Charles jeta un coup d'œil derrière lui.

— Ça marche! dit-il tout bas à Rébecca. Il nous suit!

C'était bien vrai : le chiot noir et blanc trottinait derrière eux, le regard perçant et inquiet, l'air de se demander ce qui se passait.

Bien! Très bien! Exactement ce qu'il fallait à Presto qui ne connaissait rien de ce nouvel endroit. Ces gens-là semblaient avoir besoin d'un bon gardien de troupeau qui sache les rassembler et les faire avancer.

Le chien les suivit jusque dans la grange. Il y faisait noir et il y flottait une odeur de renfermé.

— Parfait! dit Charles à voix basse. On a réussi à le faire entrer ici où il est en sécurité. Je ne voudrais surtout pas qu'il se sauve. S'il se rendait jusqu'à la route, il pourrait se faire renverser par une voiture.

— Nous pourrions même l'installer dans un endroit encore plus sûr, dit Rébecca. Au fond, il y a une stalle vide. Papa a dit que Stef pourrait avoir un cheval, un de ces jours. Mais où est donc le commutateur? ajouta-t-elle en cherchant à tâtons. Ah! Le voilà!

Elle alluma. L'ampoule éclaira faiblement l'intérieur de la grange. Près de la porte, Charles aperçut un vieux tracteur rouge et tout rouillé.

— J'espère que Presto va vouloir nous suivre jusque là-bas, dit Charles. Attends! Je vais attacher Biscuit.

Comme ça, nous ne l'aurons pas dans les jambes.

Il attacha la laisse de Biscuit au volant du tracteur. Biscuit se mit à geindre un peu.

Hé! Pourquoi m'attachez-vous? Je veux jouer avec mon nouveau copain, moi!

Mais Charles lui dit : « Reste! ». Biscuit s'assit, l'air d'attendre quelque chose. Charles plongea la main dans sa poche et en ressortit quelques petites friandises pour chiens.

— Tiens, dit-il en en présentant une à Biscuit. Bon chien!

L'entraînement que Rosalie lui avait fait suivre avait été efficace. Ils avaient fait travailler le chiot un petit peu tous les jours. Maintenant, Biscuit obéissait beaucoup mieux que bien des chiens adultes.

Charles jeta un coup d'œil du côté du chiot noir et blanc.

— Presto aime peut-être les friandises, lui aussi? dit-il.

Il en avait encore quelques-unes dans la main.

Rébecca et lui se dirigèrent vers le fond de la grange.

Presto leur collait aux talons, la tête basse et la queue bien droite.

— Voici la stalle, chuchota Rébecca en montrant du doigt une porte qui lui arrivait au menton.

— Allons-y! dit Charles à sa cousine en ouvrant la porte battante.

Il se glissa à l'intérieur de la stalle à la suite de Rébecca et laissa la porte entrouverte. Le chiot passa la tête par l'embrasure, pour voir où ils étaient. Charles et Rébecca restaient immobiles. Presto avança vers eux lentement, pas à pas, avec une extrême prudence.

Dès que le chiot fut à l'intérieur de la stalle, Charles referma la porte. Ils étaient tous les trois enfermés là-dedans.

Quand Presto vit Charles bouger, puis entendit le bruit de la porte qui se refermait, il se mit à s'énerver et à essayer de s'échapper. Mais il n'y avait aucune issue. Alors, le chiot regarda Charles et Rébecca, l'air affolé.

Presto n'avait jamais été très à l'aise avec les inconnus. La plupart des gens étaient gentils, une fois qu'on les connaissait. Mais comment en être sûr, avant? Presto voulait que ses maîtres reviennent le chercher et le sortent de là. Il se sentait prisonnier et n'aimait pas du tout cela.

— Du calme! lui dit Charles d'un ton rassurant. Nous ne te ferons aucun mal. Du calme!

Doucement, il tendit la main, avec les friandises dessus.

Presto cligna des yeux et fit un pas en avant.

Charles retint son souffle. Sa main trembla un peu. La dame avait dit que Presto était gentil. Toutefois, on ne savait jamais avec un chien qu'on ne connaissait pas encore. Le chiot fit encore trois pas en avant, plus rapides, et prit doucement une des friandises, puis recula un peu avant de l'avaler.

— Bon chien! dit Charles en se retournant vers Rébecca. Maintenant, il se sent en sécurité. Reste à savoir ce qu'il *fait* ici.

— C'est un mystère! dit Rébecca, les yeux brillants d'excitation.

CHAPITRE TROIS

— Un mystère! dit Charles en regardant Rébecca, puis le chiot. Hé! Tu as raison.

Le chiot était un peu plus calme. Maintenant, il était assis dans un coin de la stalle, attentif à tout ce qui se passait. Il observait Charles et Rébecca d'un air intelligent. Il avait une oreille dressée en l'air et l'autre à moitié repliée. Il était vraiment très mignon.

— Bon! Nous savons qu'il s'appelle Presto, dit Rébecca

— Et c'est un mâle. Bonjour Presto! dit Charles tout doucement.

Presto donna la patte.

Ça faisait tellement du bien, d'entendre son nom! Finalement, ces enfants n'étaient peut-être pas tout à fait des étrangers! Peut-être qu'on pouvait leur faire confiance...

À l'autre bout de la grange, Biscuit s'était remis à geindre. Il n'aimait pas être loin de Charles.

— Oui, oui, mon ami! lui dit Charles de loin. J'arrive tout de suite. Qu'est-ce qu'on fait maintenant? ajouta-t-il en se tournant vers Rébecca.

Rébecca réfléchit une minute.

— Pour le moment, on n'en parle à personne. On le garde ici et on essaie de résoudre le mystère : qui sont ces gens et pourquoi l'ont-il emmené ici?

L'idée plaisait bien à Charles. C'était exactement le genre d'idées que Sammy, son meilleur ami et aussi son voisin, aurait eues.

— Cool! dit-il. Il faut lui apporter à manger. Nous avons pris juste ce qu'il faut pour Biscuit, alors il faudra lui donner des restes de table en attendant d'acheter de la nourriture pour chiens.

Puis il s'arrêta de parler quelques secondes.

— Il faut lui trouver une couverture aussi. Mais comment faire tout ça sans que personne s'en aperçoive?

— Je parie que nos deux papas sont en train de ronfler, chacun affalé sur un sofa, dit Rébecca en riant. Stéphanie et Rosalie sont probablement dans la petite chambre en train de regarder un film. Et nos mères sont installées au coin du feu en train de papoter.

— Tu as sans doute raison, dit Charles. Et le Haricot doit s'être endormi sur les genoux de maman. La journée de l'Action de grâces se termine tout le temps comme ça. Je parie qu'ils n'ont même pas remarqué que nous étions partis.

— Mieux vaut ne prendre aucun risque, dit Rébecca. Que penses-tu de ceci? Tu vas entrer dans la maison et les distraire pendant que moi, je vais chercher de la nourriture dans la cuisine. Ensuite, nous nous rejoindrons et nous reviendrons ici.

— Ouais, d'accord! dit Charles.

Il n'avait pas la moindre idée de la façon dont il allait s'y prendre pour les « distraire », mais Rébecca semblait si sûre d'elle qu'il se dit que ce devait être un bon plan. Il pourrait leur raconter sa plus récente blague « Toc-Toc-qui-est-là ». Très bonne idée! Ses parents ne l'avaient entendue que quatre ou cinq fois durant le trajet jusqu'à la ferme.

— Nous reviendrons bientôt, dit Charles à Presto.

Le chien n'était pas prêt à se laisser cajoler. Par

contre, il avait l'air de comprendre que, si Charles et Rébecca s'en allaient, c'était pour l'aider. Alors, il soupira et se roula en boule dans le foin.

Biscuit était si content de revoir Charles qu'il lui tourna trois fois autour des jambes quand celui-ci détacha sa laisse du tracteur. Il lui lécha les mains et émit toutes sortes de petits bruits de contentement.

— Bon chien, Biscuit, dit Charles. Bon chien!

Quand ils entrèrent dans la maison, Rébecca et Charles se séparèrent. Charles se dirigea vers le salon et tout se passa comme prévu : son papa ronflait sur le sofa bleu et oncle Stéphane était étendu sur celui qui avait un tissu à fleurs. Rosalie et Stéphanie étaient dans la petite chambre en train de regarder un film, une de leurs histoires à l'eau de rose. Au moment où Charles leur jeta un coup d'œil, Biscuit se précipita vers Rosalie et lui sauta sur les genoux. Mme Fortin et tante Abigail étaient assises au coin du feu en train de bavarder tranquillement. La seule différence, c'était que le Haricot était assis sur les genoux de tante Abigail au lieu de ceux de maman. Même si personne ne semblait avoir besoin de distraction, Charles devait remplir sa mission. Il s'y mit donc sur-le-champ.

— Hé, maman! dit-il. Toc, toc!

Sa mère soupira. Par moments, Charles avait l'impression que sa mère était fatiguée de ses blagues « Toc-Toc » et il ne comprenait pas pourquoi. Il en avait toujours de nouvelles. Ce n'était quand même pas comme s'il racontait toujours la même! Ou, en tout cas, pas trop souvent la même!

— Qui est là? demanda tante Abigail.

— Gérard, dit Charles.

— Gérard qui? demanda tante Abigail, jouant le jeu.

— J'ai rarement vu ça.

Charles attendit qu'elle se mette à rire.

Mais tante Abigail se redressa dans son fauteuil et tourna la tête en direction de la cuisine.

— Qu'est-ce que c'est que ce bruit? demanda-t-elle.

Charles entendit un bruit sec. Rébecca avait probablement heurté quelque chose. Il avala sa salive.

— Oh! C'est juste Rébecca, s'empressa-t-il de dire. Elle a dit qu'elle allait chercher quelque chose à manger.

Ce n'était pas un mensonge. Rébecca était vraiment allée chercher quelque chose à manger, sauf que ce n'était pas pour elle. Mais ça, pas besoin de le préciser!

— Comment peut-elle avoir encore *faim?* dit la maman de Charles en se passant la main sur le ventre. Mon estomac est encore bourré à craquer.

— Je ne sais pas, dit Charles en haussant les épaules. Je vais aller la retrouver.

Il voulait sortir de cette pièce au plus vite. Il ne se sentait pas très à l'aise dans sa mission de distraire les autres. En plus, il voulait retourner dans la grange et s'assurer que Presto allait bien.

— Oh! À propos, connais-tu quelqu'un qui s'appelle Colin? demanda-t-il, l'air innocent en se tournant vers tante Abigail.

— Colin? dit tante Abigail en se frottant le menton, le temps de réfléchir. Tu veux dire le type chauve qui livre le pain du magasin?

— Peut-être, répondit Charles, en se disant qu'il n'avait pas très bien vu l'homme dans l'auto. *Peut-être était-il chauve...* Est-ce qu'il habite par ici? reprit Charles.

— Je l'ignore, dit tante Abigail. Mme Durand, du magasin, le sait probablement. Pourquoi veux-tu savoir cela, ajouta-t-elle en regardant Charles d'un air intrigué.

— Hum! fit Charles en se demandant quoi répondre.

Heureusement, juste à ce moment-là, on entendit un autre bruit provenant de la cuisine.

— Pour rien, répondit Charles en sortant de la pièce à reculons. Je vais aller aider Rébecca. À plus!

Sauvé par le gong, comme on dit!

— Ouf! dit Charles en entrant dans la cuisine. Ne me demande plus jamais de faire *ça!*

Rébecca avait les bras chargés d'une couverture, d'une gamelle, d'une grande bouteille d'eau et d'un contenant en plastique rempli de restes de dinde.

— On a tout ce qu'il faut, je crois, dit-elle. Se doutent-elles de quelque chose?

— Non, pas vraiment, dit Charles en jetant un coup d'œil derrière lui. Sortons vite d'ici. Presto doit mourir de faim.

Le chiot avait vraiment faim. Il engloutit trois gros morceaux de dinde en moins de trois secondes. Puis il regarda Charles et Rébecca, l'air d'en demander plus.

Au moins, il y avait de bonnes choses à manger, ici.

Et cette petite pièce était tout à fait confortable. Presto n'était pas content d'être enfermé. À la première occasion, il comptait bien trouver le moyen de sortir de là. Alors, il pourrait retourner chez ses maîtres. D'ici là, tant et aussi longtemps que ces enfants allaient lui apporter à manger, il avait sans doute intérêt à rester ici.

Quand Presto eut fini de manger la dinde, il eut l'air de considérer Charles et Rébecca comme ses amis. Il vint leur donner des petits coups de museau sur les mains, quémanda des caresses et alla même jusqu'à lécher la joue de Charles. Les deux enfants s'assirent quelques minutes dans un coin de la stalle. Ils caressèrent le joli chiot tout en discutant du mystère qu'ils avaient à résoudre. Puis il leur fallut rentrer à la maison avant que les adultes se rendent compte de leur absence.

CHAPITRE QUATRE

Rébecca régla son réveil à six heures du matin. Ainsi, ils allaient pouvoir se lever à temps pour nourrir et promener Presto avant que les autres se lèvent. Elle se rendit sur la pointe des pieds jusque dans la pièce où Charles dormait sur le sofa. Elle le réveilla. Heureusement, Biscuit avait décidé de dormir dans la chambre de Stéphanie où dormait aussi Rosalie et ne pouvait donc pas venir avec eux.

Quand ils sortirent par la porte arrière, il faisait encore nuit. Et froid, aussi. Charles faisait de la buée en respirant. Pour garder ses mains au chaud, il les rentra dans les manches de son blouson.

Rébecca avait apporté une lampe de poche. Ils l'utilisèrent pour éclairer leur chemin jusqu'à la grange, puis dans l'allée qui menait jusqu'à la stalle où les attendait Presto.

— Hé! Presto! appela Charles tout doucement.

Bonjour, toi! C'est nous!

Presto se réveilla brusquement. Il était content de revoir le garçon et la fillette. Ils avaient été gentils avec lui et lui avaient apporté des choses délicieuses à manger. Peut-être qu'ils lui apportaient encore quelque chose de bon!

Quand ils ouvrirent la porte de la stalle, Presto bondit sur ses pattes et trottina jusqu'à eux. Il renifla la main de Rébecca et la laissa le caresser.

— Il nous aime maintenant, dit Rébecca.

— Il a confiance en nous, dit Charles. Il sait que nous allons bien nous occuper de lui. Pas vrai, mon garçon? Il ébouriffa le poil de Presto.

— Je parie qu'il va aimer *ceci*, dit Rébecca en retirant le couvercle de la barquette de plastique qu'elle avait apportée. Des restes de farce de dinde et de la purée de pommes de terre avec de la sauce!

Presto n'en fit qu'une bouchée, puis il regarda les enfants, l'air d'en vouloir encore.

— Il faut absolument lui acheter de la nourriture pour chiots, dit Charles. Quelqu'un va finir par s'en apercevoir si nous continuons de nous servir dans le frigo. En plus, la nourriture pour chiens est meilleure pour lui que la nourriture pour les humains.

Charles ne savait pas trop pourquoi il en était ainsi. C'était vrai : la nourriture de Biscuit n'avait pas l'air spécialement bonne et ne sentait même pas bon. Mais la docteure Demers, leur vétérinaire, avait dit que c'était ce qu'il y avait de mieux à donner à manger à un chiot en pleine croissance.

— Excellente idée! dit Rébecca. D'ailleurs, nous avions déjà prévu de nous rendre au magasin.

C'est ce qu'ils avaient décidé la veille au soir. Ils savaient déjà qu'un homme nommé Colin livrait le pain du magasin. C'était l'endroit parfait pour commencer leur enquête. S'ils arrivaient à découvrir qui était ce Colin et où il était parti, alors ils finiraient peut-être par le retrouver. Sa femme et lui n'avaient *certainement* pas voulu abandonner Presto dans une ferme où habitaient des inconnus.

Charles avait apporté la laisse de Biscuit. Il l'attacha au collier de Presto, puis Rébecca et lui l'emmenèrent jusque dans la cour où il faisait noir et assez froid. Le chien tirait très fort sur la laisse et courait de tous les côtés pour flairer toutes les nouvelles odeurs.

— Allons, Presto! le supplia Charles. Fais ce que tu

as à faire!

Le soleil allait se lever d'une minute à l'autre et il fallait absolument ramener Presto dans la grange avant ce moment-là. Finalement, Presto fit ses besoins comme le souhaitait Charles.

— Bon chien! lui dit Charles.

Les enfants le ramenèrent dans la grange et l'installèrent dans la stalle.

— On revient bientôt, lui promit Charles en grattant la tête du chien entre les deux oreilles.

Presto se frotta contre la jambe de Charles en poussant un petit soupir de satisfaction. Charles n'avait pas envie de le laisser là. Toutefois, si Rébecca et lui n'étaient pas présents au déjeuner, leurs parents allaient commencer à se poser des questions.

Quand ils se glissèrent à l'intérieur de la maison, Charles entendit des voix qui venaient de la cuisine inondée de lumière et de chaleur. Tout le monde était réveillé. Stéphanie et Rosalie étaient encore en pyjama. Biscuit faisait le tour de la cuisine en reniflant le plancher, en quête de miettes à manger.

— Je vais sortir Biscuit, dit Charles aussitôt.

Il préférait se porter volontaire, car que se passerait-il si, en arrivant dehors, Biscuit se mettait à aboyer ou à faire on ne sait quoi encore? Pour le moment, il valait mieux que tout le monde reste à l'intérieur, loin de la grange.

Ensuite, Charles prit place à table et mangea un gros morceau de tarte aux pommes, comme son papa et oncle Stéphane. Manger de la tarte au déjeuner était une tradition de l'Action de grâces chez les Fortin. Du dessert pour déjeuner! Charles se dit que toutes les traditions familiales devraient être aussi cool que celle-là. Quand il eut terminé sa part, il regarda Rébecca.

— Prête? dit-il en faisant attention de remuer les lèvres silencieusement.

D'un signe de tête, elle lui répondit que oui.

— Maman, nous allons faire un tour jusqu'au magasin, dit Rébecca.

— Pour y faire quoi? demanda Stéphanie avec une grimace. Il n'y a rien là-dedans, à part des tapettes à mouches et des vieilles boîtes de conserve de fèves au lard.

— Voyons, Stef! dit tante Abigail. Il y a tout plein de jolies choses dans ce magasin. Y compris les produits que je cuisine moi-même, sans vouloir me vanter.

— Ouais, dit Rosalie. J'adore les bonbons en vrac

qu'ils vendent. Il n'est pas si mal, ce magasin.

— Facile à dire, dit Stéphanie, de mauvaise humeur. Toi, tu habites dans un endroit où il y a des magasins normaux, des centres commerciaux et tout ça.

— En tout cas, nous, on y va, dit Rébecca.

— Pourquoi êtes-vous si pressés? demanda Rosalie en jetant à Charles un regard suspicieux.

Il le savait! Pas moyen de cacher quelque chose à cette satanée Rosalie qui fourrait toujours son nez partout.

— Pour rien, dit Charles en haussant les épaules. On a juste envie d'aller se promener.

— Habillez-vous bien chaudement! dit Mme Fortin sans regarder Charles.

Elle était occupée à lire le journal tout en mangeant un reste de croustade aux petits fruits.

Il n'y avait que dix minutes de marche, de la maison jusqu'au magasin. C'était juste assez longtemps pour permettre à Rébecca et à Charles de mettre au point un bon plan pour quand ils seraient rendus là-bas. Ils avaient déjà quelques indices à propos de leur mystère à résoudre. Cependant, il leur fallait en savoir davantage.

Quand ils pénétrèrent dans le magasin, une cloche

accrochée à la porte tinta et Charles se mit à respirer à plein nez, tant ça sentait bon. Le vieux plancher de bois craquait sous leurs pas et il flottait dans l'air une odeur de chocolat, de pain frais et de cire à meubles : un drôle de mélange, mais qui sentait étonnamment bon.

Ils s'approchèrent de la dame qui était à la caisse.

— Bonjour, madame Durand, dit Rébecca. Vous reconnaissez Charles?

— Bien sûr, dit Mme Durand, le grand expert en blagues « Toc-Toc », si je me souviens bien.

Charles fit signe que oui. Parfait! Exactement comme ils l'avaient prévu dans leur plan, Rébecca et lui.

— Toc, toc! dit Charles

— Qui est là? demanda Mme Durand, le sourire aux lèvres.

— Colin, dit Charles.

— Colin qui? demanda Mme Durand.

— Colin timbre sur mon enveloppe, répondit Charles, incapable de ne pas rire de sa bonne blague.

— Très bonne blague, dit Mme Durand en riant, elle aussi.

— À propos de Colin, continua Rébecca, mettant à exécution la deuxième partie de leur plan. Votre livreur de pain s'appelle bien Colin, n'est-ce pas?

Charles partit examiner ce qu'il y avait comme nourriture pour chiens. Il écoutait de loin Rébecca qui continuait d'interroger Mme Durand.

— Colin? entendit-il dire Mme Durand. Tu sais, je ne l'ai pas vu depuis quelques jours. Nous avons un livreur remplaçant... Non, je ne connais pas le nom de famille de Colin et je ne sais pas où il habite. Désolée!

— Voilà. Nous ne sommes pas plus avancés! dit Rébecca quand ils quittèrent le magasin.

— Au moins, nous rapportons de la nourriture pour Presto! fit remarquer Charles.

Il portait dans ses bras un sac de nourriture pour chiots qui leur avait coûté plus de deux semaines d'argent de poche.

— Allons le retrouver et prenons le temps de réfléchir à tout ça, dit Charles au moment où ils arrivèrent au chemin qui menait jusqu'à la ferme.

Il était si excité de revoir Presto que, quand ils passèrent devant la maison, il ne remarqua pas Rosalie en train de les observer depuis la fenêtre du salon.

CHAPITRE CINQ

Rosalie les avait bel et bien vus. Stéphanie et elle se précipitèrent dans la grange et les coincèrent avant qu'ils aient eu la chance d'entrer dans la stalle de Presto.

— Je le savais! dit Rosalie, plantée devant eux, les poings sur les hanches. Je le *savais* que vous nous cachiez quelque chose, tous les deux!

— Vous allez me dire tout de suite ce qu'il y a là-dedans! ajouta Stéphanie en tendant la main vers la porte de la stalle.

Charles grogna. Ça ne faisait même pas vingt-quatre heures! Il avait été bien naïf de croire qu'il pourrait cacher quelque chose à Rosalie, la plus grande fouine du monde! Elle voulait toujours être au courant de tout. Et manifestement, Stéphanie était du même acabit.

Charles regarda Rébecca. Rébecca regarda Charles.

— Bon, d'accord, dit Charles en ouvrant la porte de la stalle. De toute façon, vous l'auriez vite découvert. Je vous présente Presto.

— Oh! dit Stéphanie en s'agenouillant. Viens me voir, mon chéri!

Elle tendit doucement la main à Presto. Presto était habitué aux gens maintenant, alors il vint tout de suite renifler la main de Stéphanie.

— Oh là là! dit Rosalie, l'air impressionnée. Si je m'étais attendue à ça! Depuis quand cachez-vous ce chien ici?

— Un petit bout de temps, dit Charles.

— Depuis hier soir, dit Rébecca en même temps.

Charles fit une grimace à Rébecca. Il ne voulait rien dire de plus que nécessaire.

Mais Rosalie ne releva pas la gaffe.

— Quel adorable border collie! dit-elle. D'après sa taille, je dirais qu'il a environ six mois.

Rosalie était bénévole dans un refuge pour animaux où elle avait appris beaucoup de choses à propos des chiens de tous les âges.

— Un mâle ou une femelle? leur demanda-t-elle.

— Un mâle, dit Charles.

Il n'était pas surpris que Rosalie sache de quelle

race était Presto. Elle passait son temps à étudier la grande affiche des races de chiens dans le monde qui ornait un mur de sa chambre.

— Comment connaissez-vous son nom? dit Rosalie, tout en caressant Presto.

— Ses maîtres nous l'ont dit, répondit Rébecca.

Charles et Rébecca racontèrent à Rosalie et à Stef le peu qu'ils savaient au sujet de Colin et de Dorothée.

— Mais qui est ce Colin? Et où sont-ils partis, lui et sa femme? demanda Rosalie, l'air perplexe. Presto est en santé et bien toiletté. Ils prennent soin de lui, c'est évident. Alors pourquoi l'ont-il laissé ici?

— C'est bien ce que nous nous demandons, dit Charles. Nous n'avons pas encore trouvé la réponse.

Charles expliqua l'histoire du livreur de pain et de la visite au magasin.

— En attendant, ce petit chien a besoin d'un foyer, dit Stéphanie.

Presto était prêt à s'installer sur les genoux de Stéphanie. Elle savait vraiment s'y prendre avec les chiens.

— J'ai une idée! dit Rébecca, tout excitée. Pensez-vous que maman et papa nous permettraient de...

— Sûrement pas! dit Stéphanie en secouant la tête.

Ils vont dire que nous commençons à peine à nous habituer à vivre ici, que c'est trop tôt pour avoir un animal de compagnie et bla, bla, bla et bla, bla, bla. La même rengaine que quand je leur demande si je vais avoir un cheval bientôt.

— Bon! Alors, il va falloir convaincre maman et papa qu'il est temps d'adopter un nouveau chiot, dit Rosalie à Charles.

— Oui, mais nous avons Biscuit maintenant, dit Charles.

— Je sais, dit Rosalie en hochant la tête. Mais maman a promis que nous pourrions encore prendre des chiots en tant que famille d'accueil. Tu ne te rappelles pas?

Elle se baissa pour cajoler Presto, qui enfouit son nez dans la paume de sa main.

— Les border collies sont très drôles et intelligents, ajouta Rosalie. Il faut l'héberger, c'est sûr et certain.

Presto n'était pas certain de ce que cette jeune fille venait de dire. Toutefois, il savait qu'elle parlait de lui et que ce qu'elle disait était bienveillant. Ses maîtres lui manquaient. Cependant, il commençait à se sentir à l'aise avec ces enfants. Par contre, il était fatigué d'être enfermé! Il avait besoin de courir.

— Hé! Où vas-tu? dit soudain Stéphanie.

Presto s'était remis sur ses pattes et s'était faufilé par la porte entrebâillée de la stalle, si vite que personne n'avait pu l'arrêter.

— Non! cria Charles au moment où le bout de la queue tout blanc de Presto disparaissait derrière la porte.

— Il faut le rattraper avant que les adultes l'aperçoivent! dit Rébecca en se relevant à toute vitesse.

Ils sortirent tous de la stalle, courant à la poursuite de Presto, mais il était trop tard. Presto avait déjà traversé la grange et était arrivé dehors. Là, il courait en cercle. Il courait si vite qu'on aurait dit que ce n'était plus un chien, mais plutôt une masse informe noire et blanche.

Oh! Formidable! Quoi de mieux que de pouvoir courir! Quel plaisir! D'habitude, Presto aimait bien poursuivre quelque chose. Toutefois, c'était très amusant aussi d'être poursuivi. Il sentit sa fourrure se gonfler sous l'effet du froid. Ça faisait du bien d'être au grand air.

— Arrête, Presto! Viens ici! lui dit Charles en essayant de ne pas crier trop fort.

— Ici, Presto! dit Rosalie.

Les quatre enfants poursuivaient le chien, qui se mit à courir encore plus vite. On aurait dit que ses pattes ne touchaient pas le sol.

Rébecca se rappela alors comment Charles avait réussi à convaincre le chien de les suivre.

— Il ne viendra jamais si nous le pourchassons, dit-elle. Il faut l'amener à faire le *contraire* : que ce soit lui qui nous pourchasse.

— Tu veux dire qu'il nous *rassemble en troupeau?* dit Rosalie, les yeux brillants de plaisir. C'est ce que font les border collies dans les fermes! Ils savent d'instinct comment garder les troupeaux de moutons. Les fermiers se servent d'eux pour déplacer leurs bêtes d'un endroit vers un autre.

Rosalie se mit à courir, mais pas trop vite en s'éloignant de Presto, puis en direction de la grange. Elle fit signe aux autres de venir la rejoindre. Comme prévu, Presto s'arrêta de courir quelques secondes, puis se retourna et partit à leur poursuite.

Tous riaient si fort qu'ils n'entendirent pas la porte arrière de la maison qui s'ouvrait.

— Charles! Rosalie! appela Mme Fortin. Pour l'amour du ciel, qu'est-ce que vous êtes en train de faire?

Elle était sur le perron, avec le Haricot dans les bras.

— Aïe! dit Charles.

CHAPITRE SIX

— On s'en occupe! dit Stéphanie sur un ton autoritaire à Rébecca tandis qu'ils se dirigeaient tous vers la maison où ils auraient à faire face aux adultes.

Presto trottinait derrière eux, occupé à mener son troupeau jusqu'à la porte

— Elle a raison, chuchota Rosalie à Charles. Ils vont nous écouter, nous, les grandes.

Charles et Rébecca se jetèrent un regard entendu.

— Je te l'avais bien dit, dit Charles en remuant juste les lèvres.

Rébecca lui fit signe que oui. Les grandes avaient pris le contrôle de la situation, comme d'habitude!

Tante Abigail avait rejoint Mme Fortin.

— Stéphanie, que se passe-t-il? demanda-t-elle. D'où sort ce chien?

Presto avait glissé le museau à l'intérieur de la

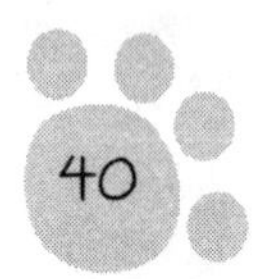

cuisine.

Il était curieux. Ça sentait rudement bon là-dedans!

— Pouvons-nous entrer? demanda Stéphanie. Voici Presto. Des gens l'ont laissé ici.

Charles vit tante Abigail prendre un air tout attendri.

— Vous voulez dire qu'on l'a abandonné? C'est affreux! J'ai entendu dire que des gens laissent parfois leurs chiens près des fermes, quand ils n'en veulent plus.

Un chien abandonné, laissé tout seul par son maître, ne peut compter que sur lui-même. Ce n'était pas exactement ce qui s'était passé. Toutefois, personne ne corrigea tante Abigail.

— Il doit avoir faim, ajouta-t-elle.

Charles pensa à tous les restes que Presto avait mangés, sans compter la nourriture pour chiots.

— Euh… commença-t-il à dire.

Mais Rosalie le pinça très fort, et il se tut.

— D'accord, dit tante Abigail en soupirant. Faites-le entrer. Mais est-ce qu'il va bien s'entendre avec Biscuit et le Haricot?

Charles savait bien que Biscuit avait hâte d'aller

jouer avec Presto. Et maintenant que Presto se sentait plus à l'aise, il apprécierait la compagnie de Biscuit, lui aussi.

— Biscuit et Presto vont bien s'entendre, dit Rosalie. Mais pour le moment, il serait préférable de tenir le Haricot à l'écart. On ne sait pas comment Presto pourrait réagir avec un tout-petit.

Ils emmenèrent Presto à la cuisine et fermèrent toutes les portes afin de l'empêcher d'aller courir partout dans la maison.

— Tiens, tiens, tiens, dit M. Fortin en se levant de table avec un grand sourire. D'où sort-il celui-là?

Il s'agenouilla pour dire bonjour à Presto.

Oncle Stéphane n'avait pas l'air très enthousiaste. Il regarda Presto par-dessus ses lunettes, en fronçant les sourcils.

— Et à qui ce chien appartient-il donc? demanda-t-il.

— Nous ne le savons pas, dit Charles en toute franchise. Mais nous pensons qu'il a besoin d'un foyer.

— Qu'en penses-tu, papa? demanda Stéphanie. On peut le garder? S'il te plaît!

Elle enlaçait le cou de Presto avec ses bras. Charles

voyait bien qu'elle était tombée sous le charme de ce chiot noir et blanc. Et Presto semblait l'aimer, lui aussi.

Cette jeune fille est si gentille! Presto se disait qu'il serait capable de rester assis à côté d'elle pour toujours, surtout dans cette pièce chaleureuse et confortable. À condition de pouvoir aussi courir, pourchasser son troupeau et jouer, bien entendu.

— Pas question! dit oncle Stéphane, en replongeant le nez dans son journal. Nous venons juste de nous installer ici.

— Maman? demanda Stéphanie en se tournant vers tante Abigail.

— Je ne sais pas, Stef, dit tante Abigail en secouant la tête. Ce chien déborde d'énergie. Je l'ai vu faire le tour de la cour à toute vitesse, à votre poursuite. Je ne suis pas certaine que nous arriverons à le tenir assez occupé.

— Ce genre de chien devrait vivre dans une vraie ferme, comme celle des Bérubé, dit oncle Stéphane.

Il soupira en se tournant vers Mme Fortin et ajouta :

— Tu sais où ça se trouve? C'est la ferme qui est à

l'autre bout de la route, d'où les moutons s'échappent tout le temps.

Charles comprit que Stéphanie avait probablement raison. Oncle Stéphane n'accepterait sans doute jamais d'adopter un chien. En tout cas, pas celui-ci. Il regarda Stéphanie et Rébecca qui cajolaient Presto. Elles semblaient si tristes! Charles remarqua que sa mère les observait, elle aussi.

— Stéphane, dit Mme Fortin diplomatiquement. Tu devrais lui laisser sa chance. Moi non plus, je trouvais que ma famille n'était pas prête pour avoir un chien. Mais maintenant, nous adorons Biscuit.

Oncle Stéphane secoua la tête, l'air de ne pas vouloir changer d'idée.

— Tant mieux pour toi, dit-il.

Soudain, Charles se rendit compte de quelque chose de drôle : sa mère était la grande sœur d'oncle Stéphane et elle essayait de le mener par le bout du nez!

— Qu'est-ce qu'on fait, maman? demanda Charles en regardant sa mère.

— Eh bien non, dit maman.

— Oh si! dit Charles. On pourrait prendre Presto, juste le temps de trouver...

— Juste le temps de trouver la famille parfaite pour

lui, l'interrompit Rosalie en lui lançant un regard autoritaire.

Il savait qu'elle l'avertissait de ne pas parler aux adultes de Colin et de Dorothée. Ce serait bien trop compliqué. Et puis, ils voulaient résoudre eux-mêmes ce mystère.

— C'est un chiot formidable, dit Charles pour clore la discussion. Et ce serait un super copain pour Biscuit.

— Iot! Iot! cria le Haricot en se débattant pour aller jouer par terre avec Presto.

— Mais... nous ne savons même pas si Biscuit et Presto vont bien s'entendre! dit maman.

— Emmenons-les dehors et nous verrons bien! dit Rosalie.

Elle fit un clin d'œil à Charles, et Charles le lui rendit. Tous deux savaient déjà que leur mère allait être d'accord. Ils allaient être la famille d'accueil du nouveau chiot.

Comme de raison, à la fin de l'après-midi, tout était arrangé. Presto et Biscuit s'entendaient très bien, et en plus, Presto adorait le Haricot. Le border collie allait rentrer en voiture à Saint-Jean avec les Fortin. Ce n'était pas tout : Stéphanie et Rébecca viendraient passer la fin de semaine suivante chez eux!

CHAPITRE SEPT

De retour à la maison, Charles et Rosalie aidèrent Presto à s'adapter. Très vite, il se sentit comme chez lui. Biscuit et lui jouaient ensemble pendant des heures dans la cour et Presto, en bon chien de berger, surveillait le Haricot partout dans la maison. Charles ne vit pas la semaine passer et, déjà, on était rendu au jour où Rébecca et Stef devaient arriver. Samedi matin, Charles, Rosalie et leur père allèrent chercher les cousines à la gare routière.

— Alors, où est Presto? Et quand irons-nous au centre commercial? demanda Stéphanie, une seconde à peine après être descendue de l'autobus qui les avait amenées, Rébecca et elle, depuis leur ferme. J'ai pris avec moi tout l'argent que j'ai reçu en cadeau d'anniversaire. J'ai trop hâte d'aller magasiner! Et j'ai trop *hâte* de revoir Presto! Je lui ai apporté un os en cuir de bœuf. Je parie qu'il s'ennuie de moi.

Pfff! Charles se tourna vers Rébecca et elle haussa les épaules. Stéphanie allait-elle être comme ça pendant toute la fin de semaine, à vouloir les mener par le bout du nez ici comme chez elle? Il avait attendu avec impatience l'arrivée de ses cousines, avec l'idée de poursuivre leur enquête, mais là, il n'était plus tout à fait sûr d'en avoir envie.

— Presto est resté à la maison avec Biscuit, dit Charles à Stef. Ils sont devenus de très bons amis. Ils jouent ensemble à longueur de journée.

— Presto est si intelligent! s'exclama Rosalie. Il a déjà appris à faire plein de choses. Tu vas voir comme il salue bien en donnant la patte. Je le lui ai appris en à peu près cinq minutes.

— C'est vrai qu'il est intelligent, dit M. Fortin tout en transportant les bagages de ses nièces jusqu'à la fourgonnette. Peut-être même trop intelligent pour sa propre sécurité. Il lui a fallu à peine une heure avant de trouver le moyen de sortir de la cour par le seul et unique trou qu'il y avait dans la clôture.

— Houlàlà! dit Stéphanie

— Tu l'as dit : houlàlà! reprit M. Fortin. Ce chien ne vit que pour courir et pourchasser tout ce qui bouge. Bientôt, il va pourchasser les voitures dans la rue.

Il fit démarrer la fourgonnette et, après avoir vérifié que tout le monde était bien installé, il prit le chemin de la maison.

— Nous n'allons pas lui laisser une seule occasion de s'échapper, promit Charles à son papa.

Puis il se tourna vers ses cousines.

— Presto est un champion à la balle. Il peut jouer toute la journée sans s'arrêter. Tant qu'on lui lance quelque chose, il le rapporte. J'aimerais tellement avoir une cour plus grande où il pourrait courir à son goût, ajouta-t-il.

— C'est justement pour ça que je veux l'emmener à l'écurie aujourd'hui, dit Rosalie.

— Quoi? dit Stéphanie, l'air surprise.

— Oh! J'avais oublié de te le dire. J'ai une leçon d'équitation à midi, alors nous ne pourrons pas aller au centre commercial aujourd'hui, lui expliqua Rosalie.

Elle avait déjà parlé à sa cousine des leçons qu'elle prenait et de Cathy, sa merveilleuse instructrice d'équitation.

— Tu vas voir, on va s'amuser! Tu pourras

rencontrer tous les chevaux et peut-être même en monter un. Cathy a dit que nous pouvions amener Presto. Il y a un grand manège couvert où il pourra courir en toute sécurité.

— On y va, nous aussi, dit Charles à Rébecca. Tu pourras faire la connaissance de Rascal.

Il avait déjà parlé de Rascal à sa cousine, un terrier Jack Russell complètement fou auquel les Fortin avaient servi de famille d'accueil. Ils avaient essayé de lui apprendre les bonnes manières. Mais rien n'y faisait; il débordait d'énergie et avait une personnalité beaucoup trop forte. Finalement, il s'était retrouvé à l'écurie, chez Cathy et son mari François. C'était un endroit parfait pour lui. Le meilleur ami de Rascal était d'ailleurs un cheval!

— Mon amie Marie et son papa passeront nous prendre dans une heure, dit Rosalie à Stéphanie.

— O.K., dit Stéphanie. Tu sais que j'adore les chevaux. Mais j'adore aussi magasiner!

— Je vais vous déposer au centre commercial demain matin, promit M. Fortin.

— Marché conclu! dit Stéphanie qui, de son siège à l'arrière, souriait de contentement.

* * *

De retour à la maison, les cousins jouèrent dans la cour avec Biscuit et Presto jusqu'à ce que Marie et son père arrivent.

— Y a-t-il assez de place pour nous tous dans votre voiture? demanda Rosalie en leur ouvrant la porte. Pour Presto et Biscuit aussi?

— Moi! Moi! cria le Haricot.

Il détestait qu'on ne l'emmène pas, lui aussi.

Le papa de Marie sourit tout en comptant sur ses doigts.

— Six enfants et deux chiens? demanda-t-il. Euh...

— Biscuit et toi, vous pourriez rester à la maison avec moi, dit Mme Fortin au Haricot.

Il grimaça puis respira à fond, s'apprêtant à hurler.

— Je parie que Biscuit va te laisser jouer avec sa nouvelle balle! s'empressa de dire Charles.

Rébecca et Stéphanie avaient apporté un jouet pour Biscuit : un ballon de soccer en peluche, mauve et blanc.

Le Haricot retrouva aussitôt sa bonne humeur. Mme Fortin regarda Charles d'un air reconnaissant.

— Amusez-vous bien, dit-elle en les saluant de la

main tandis qu'ils montaient dans la voiture.

C'était serré à l'arrière, surtout avec Presto qui essayait de courir de gauche à droite pour voir ce qu'il y avait des deux côtés du chemin. Maintenant que Presto se sentait plus à l'aise chez les Fortin, il était moins timide et de plus en plus excité par tout ce qui était nouveau pour lui.

Quel monde fantastique! Tant de choses à regarder, tant de choses à apprendre! Regardez! Regardez donc tous ces gens qui marchent! Ils ont peut-être besoin de quelqu'un pour les rassembler en troupeau? Quelqu'un qui les aiderait à trouver leur chemin!

Quand ils arrivèrent à l'écurie, Marie les conduisit jusqu'au manège.

— Je parie que Cathy s'y trouve déjà, dit-elle.

Charles devait tenir fermement la laisse de Presto, car le petit chien était fort et l'entraînait d'un côté à l'autre, en tentant de tout voir.

Le manège se trouvait à l'intérieur d'une très grosse grange. Quand Marie ouvrit la porte, Charles découvrit une immense salle avec des barrières en bois disposées sur le sol de terre battue. C'était assez grand pour faire déambuler douze chevaux, mais à ce moment-là, il n'y en avait pas un seul. Juste un chiot complètement fou : Rascal!

Dès qu'ils entrèrent, le petit Jack Russel se mit à aboyer. Rascal était petit, mais aboyait très fort. Charles aperçut Cathy et Rascal à l'autre bout du bâtiment. Il leur fit signe de la main. Rascal continua d'aboyer tandis qu'ils s'approchaient, et Presto tirait sans cesse sur sa laisse.

— Oh, Rascal! dit Cathy. Tais-toi et sois gentil avec nos invités.

Elle sourit et les salua.

— Voici Presto, je suppose, reprit-elle. Quel magnifique border collie!

Presto tirait plus fort que jamais. Il voulait voir de près le truc sur lequel Rascal se tenait. Charles aussi, d'ailleurs. À quoi pouvait bien servir cette espèce de balançoire à bascule géante peinte en mauve, avec les deux extrémités jaunes? Tandis que Charles examinait la chose, Rascal se mit à remonter la planche en courant. Quand il passa le milieu, la planche se mit à basculer et Rascal se dépêcha de descendre jusqu'à l'autre bout sans cesser d'aboyer.

— Super! dit Charles.

Rascal courut jusqu'à lui pour le saluer, puis renifla le nouveau chien et se laissa caresser.

— Cool! dit Stéphanie. Je n'ai jamais vu un chien faire un truc pareil!

— C'est un sport canin qu'on appelle l'agilité, expliqua Cathy. C'est comme une course d'obstacles pour chiens. Cette bascule n'est pas le seul type d'obstacles utilisés. Rascal et moi, nous nous entraînons ensemble. Demain, mon groupe d'agilité se réunira ici et nous installerons le reste des accessoires. Il y a toutes sortes de choses faites pour grimper et sauter. Les chiens adorent ça! En particulier, les chiens comme Presto. Il y a plusieurs border collies dans mon groupe.

— Presto adore courir, déclara Charles.

— Pas étonnant, dit Cathy. Les border collies ont beaucoup d'énergie et sont très intelligents. Ils peuvent être pénibles s'ils ne sont pas occupés. Ils ont besoin de travailler. Ils font d'extraordinaires gardiens de troupeaux. Les éleveurs de moutons les dressent justement pour ça. Avez-vous vu le film *Babe*, le cochon devenu berger?

— Celui avec un cochon qui garde un troupeau de moutons? demanda Stéphanie.

— Exactement! dit Cathy. On y apprend beaucoup de choses au sujet des border collies. Vous devriez le revoir! Les border collies peuvent quand même faire d'autres choses que garder des moutons, comme courir après une balle ou un disque volant. Ils adorent ça! Demain, vous devriez venir voir mon groupe d'agilité à l'œuvre. Vous pourriez rencontrer plusieurs border collies et leurs maîtres.

— Ce serait formidable, dit Rosalie. Mais nous avons prévu autre chose. Peut-être une autre fois?

— Pas de problème, dit Cathy. Et maintenant, que dirais-tu de seller ton cheval? C'est l'heure de ta leçon.

CHAPITRE HUIT

Le lendemain matin, Charles se réveilla en pensant à des jujubes. Au parfum de pomme verte sure, pour être plus précis. C'étaient ses préférés. Il en raffolait! Et il n'y avait qu'un seul endroit où en trouver à Saint-Jean : au magasin Bonbons de rêve, au centre commercial. Pour cette raison, il n'était pas si mécontent que Stéphanie veuille aller magasiner.

— Hé, Biscuit! dit-il en se penchant pour flatter le chiot qui était couché à côté de son lit.

Au début, Biscuit était trop petit pour arriver à se retenir toute la nuit sans aller faire pipi dehors, alors il dormait dans une caisse en bois dans la cuisine. Mme Fortin devait descendre au moins une fois pendant la nuit pour le faire sortir. Maintenant, Biscuit avait appris à être propre. Il n'y avait plus jamais d'accidents dans la maison. Enfin, presque plus jamais. Alors, il avait le droit de dormir où il voulait. La plupart du temps, il choisissait la chambre de Charles.

Biscuit, encore tout endormi, lécha la main de Charles pendant un petit moment tandis que celui-ci caressait ses oreilles soyeuses. Puis il bondit sur ses pattes et se mit à mordiller les doigts de Charles.

Déjà le matin? Hip, hip, hip! hourra! Le matin était le moment préféré de Biscuit. Quand Charles se réveillait, c'était l'heure de jouer! Puis c'était l'heure du déjeuner! Youpi! Biscuit adorait les matins.

— Hé! dit Charles.

Biscuit se réveillait toujours très vite! Et que voulait-il faire en premier, dès qu'il était réveillé? Jouer. Et ensuite? Pipi dehors, puis rentrer à toute vitesse pour le déjeuner.

— OK, OK, dit Charles en sautant de son lit bien chaud et douillet.

Avoir un chiot, c'était beaucoup de responsabilités par moments, mais ça en valait vraiment la peine.

Rosalie, Stéphanie et Rébecca étaient déjà dans la cour avec Presto quand Charles et Biscuit arrivèrent au rez-de-chaussée.

— Regarde! dit Rosalie.

Elle ordonna à Presto de s'asseoir et de ne pas bouger. Puis elle recula et lui lança une balle. Il l'attrapa dans sa gueule à la volée, sans la faire tomber. Il remuait la queue et avait l'air de leur sourire.

Charles et les filles le félicitèrent.

Presto se coucha et laissa tomber la balle entre ses deux pattes avant. Il regardait la balle, puis levait la tête vers Rosalie.

La balle... Rosalie.

La balle... Rosalie.

Son regard était très intense.

Lance-la-moi encore! Lance-la-moi encore! Vite, vite, vite! Presto n'arrivait pas à croire que les gens puissent être si lents par moments. Il aimait beaucoup cette jeune fille, mais pourquoi ne comprenait-elle pas qu'il voulait encore courir après la balle? Là, tout de suite!

Biscuit finit son pipi, fit le tour de la cour en reniflant partout, puis arriva à grands bonds pour jouer à se battre avec son nouvel ami. Les deux chiots roulèrent par terre, puis coururent pendant quelques minutes.

— Avez-vous découvert autre chose à propos de Colin et de l'endroit où il est parti? demanda Rosalie à Stef.

C'était la première fois que les deux cousines avaient l'occasion de se parler seule à seule à propos de ce mystère.

— Absolument rien, lui confia Stef.

— J'ai demandé à tous mes amis s'ils connaissaient un chien appelé Presto, dit Rébecca. Résultat nul!

— Alors, qu'est-ce qu'on fait maintenant? demanda Rosalie.

— Il a besoin d'un foyer. On devrait peut-être en parler à maman et à papa, commença à dire Charles.

— Non! l'interrompirent les trois filles en criant.

Juste à ce moment-là, Biscuit sembla se rappeler que c'était l'heure du déjeuner. Il courut jusqu'à la porte arrière, Presto sur les talons.

À l'intérieur, M. Fortin faisait des gaufres.

— Dès que nous aurons fini de déjeuner, je vous conduirai au centre commercial, dit-il.

— Hourra! dit Charles tout en versant de la

nourriture pour chiots dans deux gamelles.

— Tu as l'air rudement content! dit Rébecca.

Charles lui avait parlé des jujubes du magasin Bonbons de rêve.

— Euh... dit Stéphanie. En fait, je ne suis pas sûre d'avoir envie d'y aller.

Elle se pencha pour flatter Presto.

— Et puis, Presto ne peut pas venir au centre commercial. Alors c'est bien moins amusant!

Presto entendit son nom et comprit que la jeune fille parlait de lui. Il leva les yeux vers elle et poussa sa main de son museau. Peut-être qu'elle va bientôt retourner dehors avec moi et jouer encore à lancer la balle?

— Pas de problème pour moi! dit Rosalie.

Charles savait que sa sœur n'aimait pas aller au centre commercial. Et ça lui importait peu qu'il ait ses jujubes ou non.

— Que veux-tu faire à la place? demanda Rosalie à sa cousine.

— Retourner à l'écurie et regarder les chiens s'entraîner, comme nous l'a proposé Cathy, répondit

Stéphanie sans hésiter une seconde. Je meurs d'envie de voir de quoi ils sont capables.

— D'accord! dit Rosalie.

Charles savait que sa mère avait dit à Rosalie d'être gentille avec Stéphanie et de faire tout ce que son invitée désirerait. Il se dit aussi que Rosalie devait être contente que Stef veuille aller à l'écurie.

— Je vais téléphoner à Marie, ajouta Rosalie. Je suis sûre qu'elle voudra venir.

— Moi aussi! dit Charles.

Ça ne le dérangeait plus de ne pas avoir ses jujubes si c'était pour être avec des chiens. Il savait que Biscuit serait encore obligé de rester à la maison. Au moins, Presto allait pouvoir venir avec eux puisque Cathy l'avait invité.

— Moi aussi! dit Rébecca.

— Je suppose que c'est à notre tour d'emmener cinq enfants et un chien dans une seule voiture! dit Mme Fortin en riant.

Plus tard ce matin-là, quand M. Fortin arriva en vue de l'écurie, le stationnement était plein. En descendant de la fourgonnette, Charles entendit des chiens qui aboyaient.

— Tu entends ça, Presto? demanda-t-il au chiot qu'il tenait en laisse.

Presto entendait très bien. Il avait les oreilles dressées et le museau qui remuait. Il voulait voir ce qui se passait là-dedans. Il tira sur sa laisse.

Allez! Allez! Dépêchez-vous!

Charles et Rébecca suivirent les deux grandes jusqu'à la grange et se faufilèrent par la porte en faisant bien attention de ne laisser aucun chien s'échapper.

— Oh! dit Charles en découvrant la grande salle du manège tout aménagée.

On voyait partout de grands obstacles en bois peint. Il y avait la balançoire à bascule qu'ils avaient vue la veille et aussi toutes sortes de choses pour le saut, un tunnel que les chiens devaient traverser et un grand chevalet à pentes raides qu'ils pouvaient escalader. Tous les accessoires étaient peints de couleurs vives : bleu, rouge, vert et jaune.

Les chiens et leurs maîtres couraient en cercle. Les chiens grimpaient sur certains obstacles, passaient à travers d'autres, sautaient, et leurs maîtres les encourageaient. Certains chiens aboyaient de joie tandis que d'autres exécutaient leur tour de piste avec l'air le plus sérieux du monde.

Charles se demanda à quoi servait une rangée de piquets blancs plantés dans le sol. Au même moment, un petit border collie au poil lustré et son maître s'en approchèrent. Quand le maître les montra du doigt, le chien se mit à courir en zigzaguant entre les piquets jusqu'au bout de la rangée.

— As-tu vu ça? demanda Charles à Rébecca.

Elle lui fit signe que oui, les yeux écarquillés.

Cathy vint les rejoindre, Rascal sur les talons. Il avait les yeux très brillants et remuait la queue.

— Bonjour! dit Cathy. Je suis très contente que vous soyez venus. Qu'en pensez-vous?

— Je trouve que c'est le truc le plus amusant que j'aie vu de toute ma vie, dit Stéphanie. Si j'étais un chien, j'adorerais ça!

Elle ne pouvait plus lâcher des yeux le border collie qui fonçait maintenant à travers un gros tunnel cylindrique. Il en ressortit par l'autre bout, puis sauta par-dessus trois barrières rapprochées, aussi à l'aise qu'un oiseau qui vole dans les airs.

— Tu as raison, dit Cathy en riant. Les chiens adorent ça et nous aussi. As-tu vu le border collie zigzaguer entre les piquets?

Ils firent tous signe que oui.

— C'est un des obstacles que les chiens ont le plus de mal à maîtriser, reprit Cathy. Mais un petit futé comme Presto va sans doute y arriver en moins de temps qu'il ne faut pour le dire.

Elle se pencha pour flatter sa tête. Presto lui lécha la main tout en gardant les yeux rivés sur les activités qu'il y avait au centre de la grange.

— Tu veux dire que Presto pourrait faire ça? demanda Rébecca. Mais c'est encore un chiot!

— Les chiots n'arrivent pas à tout faire du premier coup, dans un circuit d'agilité, expliqua Cathy. Par exemple, ils ne doivent pas faire les sauts parce que leurs os sont encore en pleine croissance. Mais plusieurs des chiens qui sont ici ont débuté à moins de trois mois! Les chiots peuvent commencer par faire ce qui est le plus facile, comme passer dans un tunnel. On peut même utiliser un tunnel pour enfants, comme on en trouve dans les magasins de jouets.

Charles se dit qu'ils voulaient tous retrouver le

mystérieux propriétaire de Presto. Cependant, s'ils n'y arrivaient pas, peut-être qu'un membre du groupe d'agilité voudrait l'adopter. Charles se dit que Presto aimerait sûrement ça.

Oui! Presto vit un chien sauter dans un truc rond suspendu par des cordes, puis grimper sur le chevalet et redescendre de l'autre côté. Je veux faire ça!

CHAPITRE NEUF

Sur le chemin du retour, Charles et Rosalie essayèrent de convaincre leur papa de s'arrêter au magasin de jouets.

— Ce serait bien d'avoir un tunnel pour Presto, dit Charles.

— Ça l'aiderait à dépenser son énergie, ajouta Rosalie.

— Bon, bon, bon! dit M. Fortin.

— Et puis, est-ce qu'on peut aller chercher un film pour plus tard? demanda Rosalie.

— Ouais! On voudrait voir *Babe*, le cochon devenu berger! dit Stéphanie. Savais-tu qu'il y avait des border collies dans ce film?

— Et aussi des cochons qui parlent, si je ne me trompe! dit M. Fortin en souriant.

Quand ils arrivèrent à la maison avec un beau tunnel jaune dans le coffre de la fourgonnette et un exemplaire de *Babe* dans le sac à dos de Rosalie, Presto était visiblement prêt à aller se dégourdir les pattes. Biscuit était très excité lui aussi. Il était resté enfermé une bonne partie de l'avant-midi.

— C'est l'heure de jouer! dit Charles.

Il téléphona à son voisin Sammy pour lui dire de venir les rejoindre avec ses deux chiens : Cannelle, une jeune chienne golden retriever que les Fortin avaient déjà hébergée temporairement, et Rufus, un mâle de la même race, plus âgé. Ils adoraient jouer avec d'autres chiens.

Avant de laisser sortir Biscuit et Presto, Rosalie et Stéphanie installèrent le tunnel dans la cour tandis que Charles et Rébecca s'assuraient que la porte de la clôture était bien fermée, sinon Presto risquerait de s'enfuir. Quand Sammy arriva avec Rufus et Cannelle, tout était prêt.

— Allez, dehors! dit Charles en ouvrant la porte arrière.

Biscuit et Presto déboulèrent les escaliers et foncèrent sur Rufus et Cannelle pour les saluer. Puis les quatre chiens firent le tour de la cour en courant et en aboyant de joie.

Rufus marchait plutôt qu'il ne courait et remuait sa

queue touffue. Cannelle ne s'éloignait jamais trop de son vieux compagnon et devait accélérer le pas pour arriver à le suivre. Presto courait à la vitesse de l'éclair. Il avait eu le temps de faire trois fois le tour de la cour avant même que Rufus et Cannelle aient réussi à en faire un seul. Biscuit faisait de son mieux pour suivre les plus grands chiens sans se faire piétiner. Charles riait comme un fou. Il aurait pu passer toute la journée à regarder les chiens jouer ensemble.

— Qu'est-ce que c'est que ça? demanda Sammy en pointant le doigt vers le tunnel.

Charles lui raconta tout au sujet de l'agilité.

— Ça, c'est le truc le plus cool! dit-il. Tu vas voir comment Presto va ressortir de là. Une vraie flèche!

— Oui, bon! dit Rosalie. Il va d'abord falloir lui montrer comment faire avant qu'il devienne bon comme les chiens de l'écurie. Mais laissons-le donc dépenser un peu plus d'énergie avant de commencer.

Elle fouilla dans ses poches à la recherche de petits biscuits. Quand les chiens ralentirent enfin un peu, elle donna à chacun une friandise. Puis elle les fit venir près du tunnel.

— Pour le moment, on les laisse se familiariser avec le tunnel avant de leur demander de le traverser. Oh, avez-vous vu? dit-elle en s'agenouillant devant l'entrée du tunnel. Qu'est-ce que c'est?

Elle déposa une friandise à l'intérieur du tunnel, tout près de l'entrée. Les quatre chiens se précipitèrent dessus en même temps, faisant tomber Rosalie.

Stéphanie et les autres se tordirent de rire.

— Bon! dit Rosalie. Ce serait peut-être mieux d'y aller avec un seul chien à la fois.

Sammy mit leurs laisses à Rufus et à Cannelle et laissa Rébecca tenir Cannelle. Charles souleva Biscuit, l'installa confortablement dans le creux de ses bras et lui chuchota à l'oreille d'attendre son tour.

Charles observa Rosalie tandis qu'elle recommençait en déposant à l'entrée du tunnel une friandise pour Presto. Vite, Presto mit sa tête dans le tunnel et la friandise disparut. Presto n'avait pas l'air d'avoir peur du tunnel pour deux sous.

— Stef, viens ici, dit Rosalie. Tu vas le tenir à un bout du tunnel. Moi, je vais me placer à l'autre bout et l'appeler. On va voir s'il va me rejoindre en traversant.

Stéphanie s'agenouilla à côté de l'ouverture du tunnel, en retenant Presto par son collier. Rosalie se plaça à l'autre bout.

— Ici, Presto, appela-t-elle.

Presto entendit son nom. Il regarda tout autour de lui pour voir qui l'appelait. C'était Rosalie! Elle avait toujours les meilleures friandises! Quand Stéphanie lâcha son collier, Presto courut à toute allure jusqu'à Rosalie. Mais... qu'avait-elle donc à se tordre de rire? Et la friandise?

— Presto! Tu étais censé traverser le tunnel et pas passer à côté! dit Rosalie.

Elle lui donna quand même une friandise.

— Je vais lui montrer! dit Sammy en tendant la laisse de Rufus à Charles. Suis-moi, Presto!

Presto fit le tour pour voir ce que Sammy faisait. Avant que les autres aient la chance de le retenir, Sammy se mit à traverser le tunnel en rampant.

Presto voyait bien que ce garçon avait besoin d'être guidé par un chien de berger. Si ça voulait dire qu'il fallait traverser le tunnel pour aller le chercher, alors pas de problème! En plus, ça semblait amusant.

Presto traversa le tunnel tant bien que mal, à la suite de Sammy.

— Oui! Bon chien! cria Rosalie. Elle lui donna trois friandises. Mais elle n'en donna pas à Sammy, même s'il faisait semblant d'en demander comme un chien.

Biscuit se débattait pour retourner par terre. Il adorait être dans les bras de Charles, mais là, il devait absolument aller voir de plus près ce truc que Presto avait traversé en courant.

— Holà! OK, mon garçon! dit Charles en déposant Biscuit par terre. C'est au tour de Biscuit! annonça-t-il.

Rébecca laissa Rufus et Cannelle y aller à leur tour. Tous les chiens traversaient le tunnel sans difficulté. Maintenant qu'ils savaient ce qu'ils étaient censés faire, ils n'arrêtaient pas de le traverser et de le retraverser en courant, surtout quand Rosalie se tenait à la sortie avec ses friandises. Bien vite les chiens se mirent à traverser le tunnel à la vitesse de l'éclair, l'un derrière l'autre, se retrouvant parfois à deux ou trois en même temps à l'intérieur. Presto était presque toujours le dernier de la file, aboyant joyeusement derrière les autres chiens.

— Regardez! Il les mène comme un troupeau, fit remarquer Rosalie. Presto est un vrai border collie.

Elle avait l'air très fière de lui.

Tout un spectacle! L'instant d'après, les autres rejoignirent Rosalie pour pouvoir voir les chiens à la sortie. Charles rit aux éclats en voyant la drôle de tête que faisait Biscuit, à l'arrivée. Le petit chiot avait l'air si heureux!

Puis ce fut la tête de Cannelle qui apparut.

Enfin, Rufus sortit du tunnel au petit trot en secouant sa bonne grosse vieille tête.

— Hé! Où est passé Presto? demanda Stéphanie.

Tout le monde se mit à le chercher partout. Où était passé ce petit chenapan de chien noir et blanc?

Il n'était pas dans le tunnel. Il n'était pas derrière le lilas. Il n'était pas sur le perron.

Presto n'était plus dans la cour!

CHAPITRE DIX

— Il a dû trouver le moyen de sortir, encore une fois! dit Charles. Mais comment? Papa avait réparé le trou dans la clôture.

Puis Charles remarqua que la porte de côté était ouverte.

— Regardez! Cette porte était fermée, j'en suis sûr, s'écria-t-il. Presto a dû trouver le moyen de l'ouvrir.

— Oh non! dit Rébecca.

— Il faut le retrouver au plus vite! dit Stéphanie.

— Sammy, Rébecca et toi, vous allez vers la rue des Ormes, dit Rosalie à Charles. Nous deux, nous irons vers la rue des Érables.

Charles ne prit même pas le temps de fusiller Rosalie du regard à cause de son attitude autoritaire. Elle avait raison. Il fallait retrouver Presto tout de suite. Il pourrait avoir un accident dans la rue. Charles se précipita vers la porte.

— Presto! hurla-t-il.

Rébecca était la plus rapide à la course.

Elle fonça vers la porte et disparut en tournant le coin de la maison. Les autres la talonnaient. Quand Charles tourna à son tour, il vit Rébecca et une dame penchées au-dessus de Presto qui était étendu sur le trottoir.

Charles émit un long gémissement. Soudain, il se sentit étourdi au point de perdre connaissance. Presto était blessé! C'était en partie sa faute, car il ne l'avait pas surveillé d'assez près. Mais c'était difficile de toujours avoir Presto à l'œil. Il était si vif et si intelligent! Quel que soit l'endroit, il finissait toujours par trouver le moyen de s'échapper.

— Ça va! Ça va! lui lança Rébecca. Il était juste venu saluer la dame, c'est tout.

En effet, il n'y avait aucune voiture en vue. Ils avaient eu de la chance, cette fois-ci. Quand Charles fut plus près, il put constater que Presto était couché sur le dos et regardait Rébecca et la dame, l'air tout content.

— Le petit trésor! dit la dame qui, tout en se relevant, flatta encore une fois le ventre de Presto. Je passais par là et il a couru à ma rencontre, puis il s'est couché sur le dos pour se faire flatter le ventre.

Charles poussa un profond soupir de soulagement.

— Bon! Il faut croire qu'il est devenu moins timide! dit-il en essayant de sourire.

— Presto a vraiment besoin d'un foyer où il sera en sécurité, dit Mme Fortin plus tard dans la soirée quand ils furent tous assis à table, devant un souper de lasagne et de salade. Si nous n'en trouvons pas un très bientôt, je crois qu'il faudra l'emmener aux Quatre Pattes.

C'était le refuge pour animaux où Rosalie travaillait bénévolement. Ce n'était pas si mal. Toutefois, Charles aurait détesté voir Presto enfermé toute la journée dans une des grandes cages.

— On va finir par trouver, promit Rosalie.

Elle se tourna vers Charles. Il savait ce qu'elle avait en tête. Il fallait absolument qu'ils trouvent d'où venait Presto. Et au plus vite!

Après le souper, les quatre cousins s'installèrent dans le salon pour regarder leur film. Presto, exténué, posa sa tête sur la jambe de Stéphanie et Biscuit vint se pelotonner sur les genoux de Charles. Rosalie mit le film *Babe* et, quelques instants plus tard, tout le monde était captivé par l'histoire de ce petit cochon très attentionné.

— Regarde, Presto! dit Stéphanie. Ce chien et toi, vous vous ressemblez comme deux gouttes d'eau!

Elle lui donna un petit baiser sur la tête et aussitôt Presto frappa le plancher avec sa queue.

Quand le film fut terminé, les enfants allèrent à la cuisine pour se servir de la crème glacée.

— Je voudrais que Presto puisse habiter dans une ferme, dit Charles tout en prenant le sirop de chocolat dans le frigo. Il adorerait s'occuper d'un troupeau de moutons, comme le chien dans le film.

— Ces moutons ridicules m'ont rappelé ceux des Bérubé. Tu sais, ceux qui se sauvent tout le temps? Ils auraient besoin d'un bon gardien de troupeau, c'est évident, dit Stéphanie tout en se servant un bol de crème glacée à la vanille et au chocolat.

— Les Bérubé? Où habitent-ils? demanda Rosalie.

— À l'autre bout du chemin, répondit Rébecca tout en étirant le bras pour attraper le sirop de chocolat. Tu sais, la maison qui ressemble tant à la nôtre. Les gens se trompent tout le temps et viennent frapper à notre porte, se croyant chez les Bérubé.

— Une seconde! dit Charles en dévisageant Rosalie.

Qu'est-ce que tu viens de dire?

Et il déposa sa cuillère. Rébecca éclata de rire.

— Que la maison des Bérubé ressemble à la nôtre, répondit-elle. Et alors?

Soudain, elle comprit.

— Oh! dit-elle en mettant la main devant sa bouche. La voilà la clé du mystère! Colin et sa femme voulaient probablement déposer Presto à la ferme des Bérubé, et pas chez nous!

Le mystère était enfin éclairci! Le lendemain, au lieu de se rendre au centre commercial, la famille Fortin et les cousines retournèrent à la campagne pour ramener Presto chez qui il était censé aller. Au lieu de prendre à droite à la fourche, comme pour se rendre chez oncle Stéphane, M. Fortin prit à gauche jusqu'à la ferme des Bérubé. La vieille maison et la grange étaient identiques à celles de Stéphanie et Rébecca, sauf qu'il y avait une vache dans un pré et des oies dans la cour. M. Fortin fut obligé de donner un bon coup de volant, au risque de quitter la route, quand un troupeau de moutons vint à la rencontre de la fourgonnette en trottinant.

Quand celle-ci s'arrêta devant la ferme, Charles

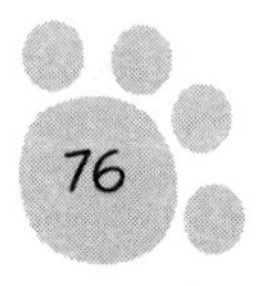

ouvrit la porte et Presto sauta dehors, comme s'il savait qu'il était revenu chez lui. Il fonça vers les moutons et se mit à les pourchasser pour les ramener dans leur enclos.

— C'est ça, ramène-les-moi! cria M. Bérubé, en riant d'un bon gros rire et en regardant courir le chien au beau poil lustré.

M. Bérubé était grand et jovial, et ressemblait beaucoup au fermier dans *Babe*. Il avait hâte de faire la connaissance de Presto et sa femme aussi! Il leur dit que Colin et Dorothée avaient téléphoné vendredi afin de s'assurer que Presto était heureux chez eux. Depuis, avec sa femme, il n'avait pas arrêté d'essayer de comprendre où ce chien avait bien pu passer.

— Je n'en reviens pas! répéta M. Bérubé pour la quatrième fois en regardant Presto. J'ai téléphoné partout dans le voisinage, à la recherche d'un chien égaré. L'idée ne m'est jamais venue que Dorothée et Colin avaient pu se tromper et le laisser chez vous plutôt qu'ici. Quand j'ai téléphoné chez Stéphane et Abigail, personne ne m'a répondu.

M. Fortin secoua la tête. Charles se dit qu'il n'avait pas envie qu'il se mette à leur faire un sermon comme à son habitude et à dire que les cousines n'auraient jamais dû cacher ça à leurs parents. Oncle Stéphane et tante Abigail étaient partis pour toute la fin de semaine. Ils n'avaient donc pas pu répondre aux Bérubé. Et finalement, tout s'était bien terminé, non?

Rébecca et Charles se tapèrent dans les mains.

— Nous avons résolu le mystère! s'écria Rébecca.

— Et nous en sommes ravis! dit Mme Bérubé. Presto est magnifique. Nous avons toujours eu des border collies, mais le dernier est mort il y a six mois. Nous avons vraiment besoin d'un chien pour garder nos moutons. Nous avions dit à Colin que nous serions heureux d'adopter Presto quand il déménagerait. Nous n'avons jamais pensé que Colin et Dorothée auraient à partir si soudainement.

Stéphanie s'agenouilla pour faire un câlin à Presto. Charles trouva qu'elle avait l'air vraiment triste.

— Bien entendu, vous pouvez revenir lui rendre visite quand vous voulez, dit M. Bérubé.

Il avait sans doute remarqué la tête que faisait Stéphanie.

— Je vais m'occuper de son éducation de chien de

berger, mais il va vouloir jouer aussi.

Stéphanie sourit, l'air déjà un peu moins malheureux.

— Euh... J'aimerais l'entraîner à l'agilité, dit-elle. Connaissez-vous ça?

— Si je connais! dit Mme Bérubé. J'adore ça! Le dernier chien que nous avons eu était un champion. Ça te plairait de m'aider à entraîner Presto? J'ai encore tous les accessoires qui dorment dans la grange.

— Vraiment? demanda Stéphanie.

Son visage s'éclaira de joie. Charles se dit que dans ces conditions, elle allait sûrement être beaucoup plus heureuse de vivre à la campagne. Qu'est-ce que ça pouvait bien faire, qu'il n'y ait pas de magasins? Tant qu'elle aurait un chien avec lequel jouer, même s'il n'était pas à elle, Stéphanie ne s'ennuierait plus du centre commercial. Et peut-être qu'un de ces jours, dans pas trop longtemps, Rébecca et elle pourraient avoir *leur* chien, quand oncle Stéphane serait à même de constater qu'elles savaient prendre leurs responsabilités toutes les deux.

Non seulement le mystère était-il éclairci, mais en plus Presto avait un merveilleux foyer et de l'espace où il pouvait courir et jouer en toute sécurité. Et en prime, il avait un travail! Exactement ce qu'il lui fallait! Stéphanie et Rébecca pourraient aller le voir tous les jours, et Charles et Rosalie le verraient chaque fois qu'ils rendraient visite à leurs cousines. Une fois encore, les Fortin avaient su aider un chiot à trouver le foyer idéal!

EN SAVOIR PLUS SUR LES CHIOTS

Tu peux faire toutes sortes de choses amusantes avec ton chiot, quelle que soit sa race! Les border collies comme Presto adorent faire des exercices d'agilité ou courir après une balle. Les races à l'odorat très développé, comme les limiers et les bergers allemands, aiment suivre des pistes. Les golden retrievers apprécient les cours d'obéissance. Les races qui aiment courir sont douées pour la chasse au leurre, où il faut poursuivre un faux lapin. Certains chiens aiment même danser avec leurs maîtres! En style libre, bien entendu!
Tu peux te documenter sur toutes ces activités, à la bibliothèque ou sur Internet. Ou tu peux simplement emmener ton chiot faire une grande promenade. Tous les chiens adorent ça!

Chères lectrices,

Chers lecteurs,

Mon chien Django a une amie border collie du nom de Bodi. Elle ressemble beaucoup à Presto : elle a le poil soyeux, noir et blanc. Bodi est très intelligente et très rapide à la course! Je pensais que Django courait vite jusqu'au jour où j'ai vu Bodi courir après une balle!

Bodi aime être tout le temps occupée. Heureusement pour elle, son maître peut l'emmener tous les jours au bureau où elle passe son temps à accueillir avec grand enthousiasme toutes les personnes qui s'y présentent!

Caninement vôtre,

Ellen Miles

À PROPOS DE L'AUTEURE

Ellen Miles vit dans le Vermont aux États-Unis. Elle a écrit d'autres histoires pour la collection *Mission : Adoption*, dont celles qui figurent au début de ce livre. Elle est également l'auteure de *The Pied Piper* et d'autres classiques de Scholastic.

Ellen Miles a toujours aimé les bonnes histoires. Elle aime aussi faire de la bicyclette, skier et jouer avec son chien, Django. Django est un labrador noir qui préfère manger les livres plutôt que les lire.